冬之光

目錄

《冬之光》——代序

一

生之艱難，惟愛與死。

醒來時天猶未光，猜想是五點半左右，但懶得翻動手機確認時間，只是睜眼定定看著眼前一片黑，彷彿那裡面有什麼也正自定定望著我。應該就是這樣，那無光的虛空之中必然有什麼正存在那裡，只隔著一片意識的雙面鏡，窺看似醒非醒的平凡人間。一種不懷好意的企圖極安靜地，就在那裡，我知道。

可以感覺到，心跳開始加速一些，呼吸變得急促一些，迷濛的感受強烈了一些，無知無欲的狀態也消褪了一些。然而身體仍舊是癱軟的，每一條肌肉都能放鬆地與床墊枕頭貼合，暖熱仍在醞釀誘惑，要人放棄追索現象與本體之間的關聯。一日之初的矛盾富含哲學意味，但辯證的場域卻在肉體之中。我還沒有真正醒來。

其實抵抗誘惑或者順從誘惑，皆無關乎大局。不過就是活著，不過就是睡著，不過就是死者。各種企圖在死亡面前都要分裂消解，風流而雲散，灰飛而煙滅。所以還是可以睡，應該要翻身過去睡，等待睡前設定的鬧鐘真實響起，開啟接下來真實的一天。

然而之後便聽見細微而持續的，高頻率的響聲，像是電流在迴路裡奔騰豕突，轟撞著器質性的電容與電阻，那樣無可奈何的呼吸喘息，或者說是悲鳴。我猜想那就是腦波的實質性表現，譬如 α 波 β 波之類的。像是調整收音機上的旋鈕那樣，用意志而非意識，控制那微妙的音頻，使之向下半音，再向下半音。同樣的過程重複三四次，身體便再次調整至可以入睡的狀態，神識發生短暫空白俗稱恍神的狀態，接著便掉進睡眠的深淵。

二

再次醒來，天色大明，但由於遮光窗簾的屏障，臥室裡仍舊陰暗無已。睡意完全消退，於是起身至陽台上抽菸。小巷裡違規停放的車輛已然消失

大半，人們各自投身於其生活的步調之中，被自己的煩憂糾纏。前夜的雨水猶然積漫高樓之間的空地，柏油路面一片濕濕的漆黑。即使知道水漬蒸發之後，那深沉濃重的顏色將會褪成薄淺的灰黑，但此刻它確實是深重的，重到眼睛難以負荷。一種侵蝕性的力量在人們的腳下，無盡磨損虛耗，一切移動的物體相對於此而言，多像是墨條在硯臺上無力的游移。

無可逃躲，生之艱難。

側頭向右看去，小巷連接馬路的出口，工程仍在繼續。工人們不斷在道路中央的分隔島兩側，以圍柵隔開大大小小的工作區域，並陸續調來大型重機具，以挖開柏油路面，在地底鋪設涵管，且沿此涵管牽引固定各種電路管線。因為工序繁雜，據說這次工程將近需要三年的時間，最多的時候有三個工程單位同時施工，但步調仍極緩慢。

橘色尼龍伸縮風管越過工作井邊緣的鋼套管，向埋於地下的涵管伸去。送風機會將空氣源源不絕送至地底，以供在地下工作的工人們能夠正常的呼吸。幾年前曾發生過工人施工時因缺氧窒息而喪命的意外，因此這種風管便

成為地下涵管施作時的必要設備。一條橘色的風管，一架送風機，只要輕輕一撥開關，死亡就在人們看不到的地底。人命危淺，從來就是繫縛在某些小事上。

一名身穿橘色工作服的年輕工人脫去了黃色的安全頭盔，露出底下一頭金髮，在圍柵邊抽菸，似乎正在跟小山貓上面的工人聊天。隔著一段距離，看不見他臉上的表情，只好憑空猜想，那逸散在空氣中的言詞，或許也不過就是生活中的瑣事？陰陰天色裡，那頭金髮格外引人注意，像是某種炫示自身的渴望無處發洩，只好藉由改變身體外貌，求得一種額外的關注。

但沒有人在看，沒有人。當金髮成為生活的一部分，也就意味著淪陷於平凡與日常，所有的心念與想望，都將被遮蔽掩藏。自我成為最籠統的說法，流轉在每一張不願意緊閉的嘴裡。

三

隨手開了電腦連上網路，沒有新郵件，臉書上也沒有訊息。息交絕遊，

大抵若此。在這個時代，寄身山林與埋跡市廛，其實並無不同。天涯海角一手機，開機是孤獨與寂寞，關機後是寂寞與孤獨，彷彿世界只是一張景片，用手指輕輕一撥，就能順利切換下一張。其中究竟有我無我，似乎並不那麼重要了。

那麼，我在哪裡？

會不會確確實實，我也只是時間中的一張景片，被他人撥動穿越，拋去無跡？此一想法難道不是以自我為中心，忽視了自己其實存在邊緣的事實？會不會，其實我哪裡都不在？像是繞著原子核分布的電子雲，並沒有所謂的軌跡，而存在的本身就是無盡的懷疑？

如果此刻我關上燈，封鎖隱蔽，讓自己回歸混沌，是不是真能藉由意志的作用，抵達那裡，那個完整的太初，超越於結構或解構的所在？像是某些界於哲學與神祕主義者所宣稱，透過止觀與修行，解離掉意識中物我的差別，還原於事象的本真，必然能夠抵達基本粒子的層級，而意志便能在此作用，得大能量大神通，與天地精神往來，甚至超脫生死三界，究竟涅槃？

這麼說，我在哪裡？我不在這裡，我也不在那裡。我既不存在自己的想像裡，我也不是真實的活在這個世界上，狀態如此曖昧難明──然則我是什麼？

這樣的想法無非令人疲倦，但天已大明，要回籠睡去亦屬難能了。

四

一心可以三觀，觀愛觀死觀生。其中必然有什麼是真實的，屬於超越的可能。早些時間，我習慣用理性詮釋，捕捉事象如捕捉野獸，在生活艱難空無的峰谷之間，剝皮去骨，剔肉風乾，以為活著的補給，調劑因久食穀物而貪婪需索的欲望。但畢竟是血食，終究導致週身疾病，且病之愈深，愈渴望毀滅一切：愛是一種解離自我的認識形態，渴望一切如常，在無我之境依舊安康無恙，那樣的願望。

早些時間我確實是那樣想的，並且以為作用的關鍵在於自私，用雙手環抱自己愛自己，感受自己體內傳來的溫度。世界會在它該在的地方，持續散

失能量降溫毀壞，而我們因為生命的渺小短暫，可以如同學者一般，對於實驗極其微小的誤差略去不計——但還是在毀滅不是嗎？

或許是，或許不是。只有在幽獨之中才能發現，像是冬日陰暗的天色裡，舉首望見的微小光亮，抗拒著世界完全的黑暗。像是詩，持續著揭發表象背後，屬於真實的存在。所以我們又獲得了信念，相信即使暴亂無常在下一秒鐘，乘著海嘯沖進家門，但在這個當下，這個不斷分裂崩解的當下，我就是這麼活著，這麼在著。

第一輯 小情書

海岸步行

這時我們走著像著航行，像緩慢的航行
因為沿著海岸有時內有時外，況且還有高歌
港灣裡起重機群已休息，各自沉默傾聽將逝的青春
我們於是擁有生活的安穩，在此岸與彼岸之間

時間用日常的話題聯繫我們，而我看見你
你還能說得更多，並且描述得更好嗎？
我的影子在燈下向海潮拉長，穿過你的身體
暗影中你的眼瞳熠熠閃亮，有迷離的神諭

這時我談起你，或許只是單純的談起你
沒有更多的羈絆像是親族與血緣，或者律法

如果你發現居住原來是如此輕易的一件事呢？

如果你發現遷徙原來是如此輕易的一件事呢？

在此岸，我們曾擁抱各自的寂寞比鄰而居

像一條路寂寂開往遠方，自顧自的歌唱

這時你談起我，就不只是單純的談起我了

你要的比你想的更多，你是小小的黑洞

在真空之中向著整個宇宙宣告：我要！

你在虛無的軌道上移動等我問你要去哪裡

但你不能回答，我也不能詢問，在這裡

在我們安居的此地，我們既擁有當下

當下也就是一切世界訴說不盡的語句

這時我們走著像航行，這單純而緩慢的航行

從南到北，又從北到南，在這小城海岸的步道

星光凝止於眾樹，蟲蟹竄伏在我們足跡之外

遙遠的霧笛隱微作響，或者泊岸或者出航

如果有家那必然就是這裡，在這裡

我們的天地安然，不屬於過去，也不屬於未來

海岸自行

青春和你同在，我的青春
總是一條有單車經過的道路
從南向北，從南濱到北濱
一座橋，連結兩個學校

兩個青春的胴體，兩種青春夢
結合成同一組海洋的意象
那時你也寫詩述說，關於愛
如何脆弱，又如何的堅定

像輪下的柏油路承載我們
日日的行旅，這只是生活

每隔一段時間我們挖開修理
看不見的滲洩，又重新補上
補上言談，補上爭吵，補上
歲月留下的痕跡，我從不在意
掠過的風景如何填滿
我們無話可說的眼睛
我只是看見青春和你同在
看見單車穿過小城，經過主街
鑽入，愈來愈近的潮聲
成為記憶中最繁複而單純的隱喻

此在

想念你，在北方的小城
整個春季裡我無所事事
只想寫一首詩投進郵筒
讓你讀我，讀我的窗
山間有明滅的燈火
照亮蜿蜒的公路

如一根細瘦的葡萄藤
穿針引線，從泥土裡
汲出屬於生活的字句
心臟仍有雜音。我聽見
你歌裡的變奏，上行下行

有時是小調陰暗多曲折

如綿長的海岸，有時則是陽光

你給我用過的舊日子

我在晴空下洗好晾乾

鋪成被枕，夜晚就有了潮聲

你給我淚水煉出的鹽

我用它調時間的味，日日

飲用，日日，宛如你的窗口

呼吸海風，而你不在這裡──

我太想深入，總是離題

在這顆不斷移動的星球上

找不到一間可以居住的房子

我太過憂慮，纏綿難癒

美好只是一種讓人發熱的疾病

渴望世界靜止，萬物各居其位

像我們曾共度的每一天，像你的字句

成為我的話語，你的夢

變成我的預言

一根菸可以換來多少字？

一個故事需要點燃多少根菸？

整個無所事事的春季裡

我只想寫一首詩投進郵筒

說一條公路蜿蜒曲折

一扇窗裡燈火明滅

夢裡有起伏的潮聲

所有的動盪都是獻給明天的歌

入厝

104

讓命運帶我回到這裡

很快地，我就能整理好一切

重新學習一種生活叫做安居樂業

彷彿它們從來只生長在這裡

微微地枯了，又微微抽著新芽

陽臺上的盆栽在破碎的陽光下

客廳堆置的雜物有了各自的歸宿

廚房整潔明亮，臥房裡一張大床

鋪好被枕就是海洋

冬之光　22

當我指物命名：這是家

只要一個字就能開啟一扇門

當我走進自己，世界有片刻的安靜

走進自己。我體內的光

清潔，明亮，溫暖

即使闔眼也能清楚看見信仰的一切

靜止的，小小的窗格

靜止的，小小的睡眠

（我不再作關於星星的夢了）

這是家。在那些罩滿濃霧的日子

終於有一座港灣可以練習停靠

把人生動盪的海洋暫時泊放門外

在每一個因操煩而徬徨的夜晚

有燈光指引一條航路

回到這裡，打開生活

我會在入睡前準備好一切

對自己說上一萬遍：

「這就是家了。」

有盡

永恆與時間無關。

這就是永恆。

——Joseph Campbell

複製昨天的夢境進入

今天的行事曆

複製從此成為美德

我想複製你的房子居住

讓我的書堆滿你的書架

一格一格，讓我的字句寫

在你的日記，一頁一頁

直到它成為小說

我想在你讀過的燈下閱讀
用同一種光，同一種角度
複製你的心情，模仿你
為老故事虛構新的情節
彷彿它仍然迴盪在你心底

我想在你的生活裡蔓延
讓你纏綿難癒，讓你發熱
每個難眠的夜裡都記得埋怨，關於我
如何佔領你的每一天
聽見你說：「總是這樣……」
你的話語將會找到支架
在我的身上攀爬，抽長，開花
（在百無聊賴的日子裡

給你一百種打發時間的方法）

我想給你一些單純的腦力激盪

譬如：單純的兩個人要麼做

才能成為住在兩個身體裡的

同一個靈魂？或者

一句話該怎麼說

才能讓一個單純的靈魂聽出

不那麼單純的壞思想？

我想成為你反覆練習的填字遊戲

讓破碎的線索相互串連，覆蓋

堆疊出全然不同的意義

空白可以重新詮釋，告訴你⋯

「我在，我在這裡」

（那些我不曾說出口的字句

你能替我填上嗎？）

我想撥轉你的時鐘

倒亂時間的水流

讓你在那想像的居所聽見神諭

「如果一切都不曾發生⋯⋯」

於是，我會成為那張海圖

攤放在我們之間

帶你來到這裡

（我在，我在這裡⋯⋯）

說動盪的海洋上還有一座島嶼

南方天空下扶桑花開遍無人小徑

多雨的午後悄悄走近

時間從此與我們沒有關係

106

有河

像一枚郵票貼在我的窗上

寄來島嶼仲夏的日光，那條河

穿過你的午夢

遞給我漫長而昏沉的白晝

以及另一個顛倒發熱的世界

整座城市彷彿偷偷死了

只有氣味還活著

活成一條白光粼粼的長河

與同樣漫長而昏沉

一首怎麼也讀不到盡頭的長詩

我在你的字句裡翻飛如一隻

快要過期的紋白蝶忽左忽右

忽左，忽然想起你

曾經造訪我長期戒嚴的青春

用翅膀搧動整座島嶼的

颱風、地震、一千個白色的

白日午夢，在動盪的世界裡

製造最小的世界末日

在島嶼邊緣讀你，你的詩句

載滿了整個青春期的暴烈

浪潮，向我的夏天湧來

讓我在動盪的水紋中看見自己

看見泛白的青春之光

以及藏身在鬢角之後

那一根偷偷長出的秋天的白髮

有隔

睡前此刻，像我們曾共度過的許多夜晚
總是從一些儀式開始：徹底的洗浴
刷牙，剔去語言的渣滓
攤開發皺的身體，放進（總是這樣）
現實和夢境之間的縫隙，幻想那些陽光下
羞於啟齒的譚話……

再也沒有任何一刻如此刻
你伸手握住我的一切心思
文字溶成掌心的汗，脈搏低聲
交談，而嘴唇竟只懂得親吻了
再也沒有任何時刻如此刻——然而
有隔，在我們最赤裸最沒防備的時候

我知道你的一切祕密譬如蛀牙和

初戀，情人起誓的言語像青春期的身體

不能忍受他人窺看，但你向我打開

你知曉我不可告人的習慣，翻身時

不經意溢出的夢話（這不是白天裡

大段大段刪落的臺詞嗎？）

我知道你的一切數字，你掌握我所有字母

「愛是一座橋樑連接肉體的孤島，穿過

佈滿暗礁的海域，帶我們到達⋯⋯」你相信

萬物都攤放在床頭燈下任我們閱讀了

過往的所有時光皆如此刻──然而

有隔，當我想起

多年來你跟隨我的腳步

而我——你知道我在那裡

反覆練習取悅眾人的把戲

「生活！」從來我們就是這麼說

我學會在鋼索上行走，也學會

用火炬照亮觀眾陰暗的笑聲了

「生活是謹慎地為這無趣的世界製造

諸多歡樂和危險的技藝……」總是如此

當白日日重重落下，今天碰觸明天

我又從虛無回到你

進入你寬大溫暖的胸懷，感受你

無所不在的包圍——啊包圍

你是堅固的堡壘容我縮身，你是

柔軟慈愛的母體接納我的肉身

任我沉睡在你腹中的海洋，不說話，但你仍清楚

知道有我，我的呼吸，我的心跳，我的

存在──我一直都在，正如你也在那裡

用更大的沉默包容我，又抵達我

心中預留的柔軟與黑暗的角落

當我告訴你此刻總是──唉……

有隔，也只是光與暗裁開時間讓我們作夢

等待我們給明天的空白編入新的情節

隔著被枕、睡衣、單薄的體膚……

我又夢見了你：一座沒有牆的書房

你向我展示全世界的巨大與神祕

而我已在你裡面找到自己的話語

日光海灘

這一切一定都是好的
環繞在我們之外的世界
仍然用難耐的節奏持續運轉
鐘聲翻開夏季的末頁
每一行字句都停留在昨天

那些時光清潔明亮
我們安靜坐在裡面
太陽窺探我們的隱私
日光下你微微流著汗
像一件發燙的背心

說不出口的可以唱嗎？

你問我而我沒有回答

我聆聽你像聆聽一首預言

你的歌聲早熟而憂鬱

十七歲，何其無奈的純潔

每一次佔領都像潮水

沙灘上無比容易的告別

等到野草蔓延成衰老的天色

在我的臉頰塗上哀傷

我們還能回頭嗎？

你吻我的時候我想起她

想起另外一些故事

想著這一切一定都是好的
只是我們早已沒有了時間
再也無法弄清楚這些

理想的下午

日光是好的
風裡的氣味也是

一根菸在廣場上
抽完了自己白色的生命

等待是好的
流動的時間也是

沒有人說話
風暴久候不至

安靜無動盪的海洋是好的

視線外，有潮水在漲

即使聽見了彼此的心跳

為了這個理想的下午

把它當成祕密

也是好的

餘光

黃昏偷走了我們的話語
我低頭，把時間還給咖啡杯
在一間臨河營業的書店二樓

飛入對岸觀音山巨大的陰影——
一隻烏鴉啼叫著越過河面
矮牆之外，菩提樹持續翻動葉子的金邊

我聞到暗中喧囂的木炭香氣，樓下的男孩
在偶然駐足的遊客面前將印度薄餅
高高拋起。落地窗內

年輕的女主人皺著眉頭在支票上
簽下一個潦草的名字，她的丈夫
專心整理角落裡一疊蒙塵的新書

把掌紋留在其中一本的封面
一本詩集。我看見
字句底下閃爍的生活的微光

仍有什麼正旋轉著經過我的頭頂
依次亮起。我清楚地察覺
像星星在龐大而完整的黑暗中

妳說：那是另一個遙遠的太陽

遠方的歌聲

從此我們擁有彼此的護照
向一重陌生的國度。陌生
但無比熟悉，像我們從來
不曾遠離，還在彼此的臂彎
找尋一方安臥的水澤
綠頭鴨。我知道交頸的意義
纏繞糾結的誓言，繾綣的母音
藏匿在果實裡等待齒牙
輕輕嚙咬，流出音樂
啊！一首歌
總是在國與國之間製造想像

但此刻它如此真實

在我的心上鼓盪

風起的時候

我們曾經有過風，像一種坦然
來去，並不曾牽掛彼此
不曾有夢。我們就是自己的夢
小小的信仰的星星在腳印中
記載每一個錯漏的片段
無法抵達的地址，瀰漫的光
還有霧，還有朦朧的風景
迎面而來的身影如此熟悉
總是同一個說法：命運
帶我到達你的眼瞳——
你看見我赤裸的心臟跳動
在你的胸膛，唱我們的歌

遙遠的追獵

113

我的愛戀並不純粹，親愛的
單純是一首絕望的歌
剝奪所有來自想像的快樂

快樂是好的，譬如今夜
我戀慕一切屬於你的光亮
話語中的星辰，眼神裡
輾轉流動的月光

（它們整夜在我的枕畔閃爍
向我的耳朵注入一條銀河）

譬如此刻我專注仰望

你的額髮，它像陰暗的雲

覆蓋午夜過後的世界

讓黑暗更黑暗，明亮的

更加明亮

你是燦爛的小宇宙任我

航行，在忘卻了自我的虛無中

我是遺失海圖的水手

渴望踏上熱病的原鄉

今夜，我只是想回到你

回到你不純粹的笑容裡

那將是神祕遙遠的旅途

當時間變得不再重要的時候……

方舟時代

大雨密密降下的時刻
我們和希望一起漂流在洪水之中
作著黑暗而甜美的夢，夢中的世界
還停留在乾燥寧靜的日子

像一張高高架在亞特拉斯山上的眠床
床底下蜷臥我們豢養的動物
那些夜晚，我們渴望彼此的身體
交換體液、語言、昨天的發票

沒有電視廣播報紙光明正大對我們宣揚
偉大的革命情懷，胸中的火就要熄滅

我們因此緊抱著彼此的靈魂取暖

彷彿上帝從來不曾承諾什麼

我的疑問沉入荒寂的海洋

航向未經證實的遠方

行船人的純情曲

用語言網羅生活好讓我們抱怨

這一生，用菸、用酒、用過剩的慾望

打發黃昏到黎明前無聲升降的新月

好日子是一張柔軟不搖晃的床

承載我的身體，讓我作夢

夢見你，遙遠的島嶼

我曾經落腳生根又被拔起的地方

那土地仍舊綑綁著我的名字

跟你一起，在你給我的相片裡

擁有同一雙失眠的眼睛。我只能

想念你，我熟悉的身體

收藏在薄薄一張紙上的過往時光

我在睡前重新溫習，反覆練習

用引擎的呻吟數算我們共度的那些夜晚

黑暗中，我彷彿觸及你沉默的環礁

環繞我，包圍我，我深陷在

對你的思念之中，作著異鄉人的夢

船舶是流浪者的聯合國，日復一日

在人生中尋找新的下錨處

像一枚椰子漂流在海洋上

遲遲不肯伸展的根系懷抱期待

暫停運轉的時間懷抱更多的期待

而我始終期待回到你。你是

我唯一的領土，唯一的國

或者更加單純的：

我只知道，你是我唯一的港口

小國寡民

在多語的春日過去以後
我發現你沉默的祕密：
一座城市是一片海洋
你是唯一的島嶼等待夏天

我記得你溫暖的沙灘
如何呼喚潮水，如何
用柔軟的樹影撫摩
我灼人的目光，叫我情願

捨船，走向你閃爍微光的孔穴
乃不知有汗，無論未盡

太平洋的風飽含曖昧的雨

伐倒矜持的密林，然後文明

不流浪，等一把水手刀

才讓島嶼從海中升起

一艘船以自己的方式沉沒了

掩藏在草木之間

五行八卦的迷宮之門

進入你心的道路曲折而遠

種植桃花的所在

永恆的祕境，那是你

的路途能否帶我抵達

使這個季節爛熟至發黑腐化

這世界有人渴望淋濕身體

讓群眾擁抱，有人不是

無視於變化此刻沉沉的重量

它們專注於生長，絲毫

游移擺盪在腳邊的草跡

所以我渴望什麼？一個訊息

告訴我宇宙微渺的真相

事物和事物彼此之間

以細弱的蛛網相互沾連

禁不起我們一再的觸撫

必然斷裂⋯⋯啊！小國

只能容納寡民，無從爭辯

你是孤獨國祇樹園

一株盛放的桃花，而我

是你唯一的臣民

愛我就讓我快樂

愛我就讓我快樂，譬如
在車窗上種花
在整座城市的喧囂侵入之前
用溫柔的暴雨澆灌
剛剛萌芽的沉默

沉默是好的，有複雜
的葉脈如潮濕的掌紋
預告未來一百年我們仍然
努力生長茁壯，撐起生活本身
像泥土不再深埋祕密，它餵養

藉由我們流失的時間
和耐心，小小的憤怨和隱忍——
等待是必要的條件
讓一切逐漸成熟至剛好
可以穿越的姿態：

一匹淋濕的斑馬。你的黑傘
切斷多話的雨句，讓世界安靜
走過生活的號誌：單行道
禁止迴轉的窄巷裡，你走向我
在車窗上綻開一朵明亮的微笑

三心二意

我的心底住著另一顆心

我的腳步總是踩踏那人

模糊的足印，漸行漸遠

漸漸不見自己。並不很久以前

世界鼓動自己單純的脈搏

給生命以熱切的節奏：前進

於今看來無非是一種美好的想像

包圍我。當黎明尚未靠近

而星星也依然喧囂的時候

我的心裡原有一片花園

栽植一年盛放兩次的玫瑰

是誰曬乾了繽紛，換燦爛

為無聲的萎謝？是誰

變換了四季的輪嬗，以宇宙

為屋舍，實驗他不安的住居？

而後日光來了，在窺看內心的圓窗上

投下熠熠灼燒視線的火焰

是誰？模仿著告別的身姿

在暮色尚未降臨的時分

侵入我的鏡像，成為我

雙重的身分，分裂的魂靈？

一顆石頭的愛情

越過重重的黑夜，這一刻
你遇見我，一如我遇見你
我要告訴你這一切並非偶然

在你之前我是虛無，之後或許
亦將化為塵埃消散，但此刻
我廣大得像是創造我的這個世界
輕薄得如同寫仕風中的話語

傾聽我的歷史。從今天開始
沉默就不只是沉默了

如果你觸撫那些看似冰冷的紋路
而我灼傷了你，像一道凝結的火焰
你必然會知道在宇宙洪荒
時間的無垠曠野裡
我只有一種熔岩的心跳
日夜熬煉自己以求
不會在冷漠和絕望中死去

如果你剖開我，如果你
願意回應我的等待
你會知道這漫長而黑暗的旅程
只有信心是我的光
使我不致迷失。當你

重新發現我，在我的身體裡

創造你，給我全新的名字

你也會找到那個全新的世界

在那裡，我們的軀體與魂靈

有同樣的完整與美麗

我將承載你一切夢想

因為你就是我唯一的夢

實驗與對照

假設此地 A 與 B 相遇，於 C 時間
D 與 E 亦相遇，以相同之模式
是否可以 A' 及 B' 稱代之？這並非
一個哲學問題而關乎現實
之困境譬如 F 與 G 也常懷疑
H 和 I 之間相處之種種根本
抄襲其人生成功之模型數據
即使 H 和 I 在此之前根本未曾
聽說過他們任何一個人的名字？
所以說最可疑的其實是 C 時間
或者 C' 時間或 C" C"' C"" 時間囉

多像是意圖扭曲一切事件之發展讓它們看來

全都一樣複製了過往並且擅自厚顏地

投射於未來？或者更可疑的是

對 J、K、L 而言，更有 M、N、O……

等等變化之方式戳刺著

宇宙和命運巨大而脆弱的連結──

而我們根本無從查證

世界之鏡究竟在我們身上

實驗著怎樣的人生遊戲

當我對你說我愛你的時候？

第二輯

有病

一千零一夜

每天都會想到的那件事
今天又獨自來造訪我

如同在白日籌劃夜夢
創造一種沒有溫度的憂愁
我擁抱它,一如它擁抱
我的家人,給他們淚水
以及一句無聲而沉重的問候

白日墜落之後,遲來的月光
點亮每一扇不願向睡眠打開的窗
高樓多孔的影子籠罩桌面上

一株沉默思索的觀葉植物

像一座籠子深鎖自己的心

時間是一面鏡子，在鏡中

我看見愛的來臨與消亡

那彷彿只是一種信仰

相信脆薄透明的胸膛裡

仍有跳動的心臟

它期待明天不要太複雜

難懂，也不要太清楚明白

如同今夜心上感受的重量

讓一切安靜，美麗

用祕密的姿態為自己書寫日記

世界此刻敞開在我身體裡，像一扇窗

我終於知道我更愛自己

表層的刮痕

那些讓我們覺得自己仍舊純粹的零件

被拆落後留下的空缺似乎始終找不到

合適的謊言來填補（世界繼續運轉）

而我們轉過身去假裝什麼都沒有看見

譬如鏡中人影忠實地模仿我們的外貌

或者它從來就不在體內佔據任何空間

譬如他織給你的圍巾在激情過後被鉤

破成一方無底黑洞且連接著一條不斷

鬆開拉長的純白毛線緊鉤住你的心臟

受困

在雨停之前，我想
我還有多少時間可以用來
為河面的漣漪計數？

靠近橋墩的陰影下
輕艇選手輕輕用槳劃破
自己清潔柔軟的倒影

我的黑眼睛在咖啡杯裡
變得更黑了，像今晨的日蝕
順手熄滅了世界的光

萬物都在敗毀之中，譬如

金合歡脫落的羽狀複葉

從人行道旁的水窪

我因此看見命運的手勢

捲起，潑濺在蒙塵的磚牆上。

被疾駛而過的輪胎

召喚我，在雨停之前

數算河面的漣漪究竟

畫出了多少人生交錯的圈圈

蟻夢

如果地球就這樣巨大起來了，在你的

夢中，像一座無人的地下城市

默默擴張。如果曾經有那樣的時刻

你全身赤裸爬行空白格紙之上

用一生拖曳長長的筆劃，最後一次

以墨點結束追索身世的族譜

地圖附錄其後，實線虛線縱橫

你是否看見萬千人形同時疊覆枕席之間

依你軀體蜷曲的角度輕輕錯開未定的疆界？

夜夢邊境顏色黯淡。多半時刻

嘗試為自己的身體敷陳眾彩

你想像有一種固定的比例在顏色與顏色之間

身體和身體之間，營造認同的標誌

每一次親吻都為了確定隸屬關係

你的我的身體，我的你的身分

用姓名年齡星座血型容貌性別

測度自己與他人相異的指數

漸行漸遠，卻又愈走愈近

你沿著昨天的氣味尋找明天

在持續擴張的城市中，你知道

有一千種迷失的可能

你緊隨每一個前人踏出的腳印

試圖橫跨無岸的河流

流亡者的呼號驚醒作夢的人

血的逃亡。下次當你膜拜腳印

看見土中升起的野草已遮沒大半天空

乃想起地底的邦國亦陷溺於同樣的陰暗

萬千子民分踞生命的角落，趔趔趄趄

奮力尋找夢的出口但終究失去方向

感官喪失作用還原成為感官，純粹的

生之命題，隔絕了與人交談的意志

人們在寂靜中順服地勞動，而勞動擴張清醒的版圖

在刀筆紙墨間偶然停下工作佇足仰望，才發現

這世界又縮小還原成最初的一點靜靜站在夢土的正中

竹夢

等到風雨飄搖才能清楚聽見
存在的自言自語如夢囈
無涉於矜誇的，自我貶抑的
藉由無意識的肢體活動始能明白展現的
奇異的壓迫感哪
總在夜夢闌珊的時刻暴漲如洪流
輕易吞噬悄然遠離的白晝光陰

上一刻，我們正從遙遠的宿命裡趕來
轉赴另一個更巨大的命題：
我知道生命的意義，我知道宇宙
無時無刻地用神性的漠視照耀我

我知道哪些菌落與我們共生，哪些不是

而我們的根系努力伸展，向廣闊的地球

嘗試建立一個嶄新的座標系

這一刻，我們像兄弟一般緊緊護衛彼此

在那片丘陵起伏的夢土上

夜復一夜擴張對於話語的侵略

我於是放棄預見自己未來的能力

放棄進入，宿命般，進入自己的夢

因而看見那更大的，絢麗繽紛的異象

金色流星紛然墜落如雨，蟲豸

逆光交舞，再沒有任何一刻

比此時更加孤獨，我開始了解，當我

試圖傾聽風霜雨露，傾聽月光
拂弄整座山頭的秋聲，我乃了解
有一種更偉大的存在抓住我
當我如此堅定地抓緊山坡上的土壤
將疲弱的根系深深埋入族群的記憶
我於是擁有了那唯一的名字
比憂傷短，比歲月長

石頭夢

我從火中來，從水中升起，和時間同在

風擦拭我的臉，讓我布滿皺紋

我從不曾離開自己，也不曾進入

屬於我亙古不變的姓名

廣闊土地只是一個夢境的延伸

沒有愛，沒有死亡，沒有信仰

我記得宇宙的開始和毀滅：

崩落淌血的十字架，挫敗凋萎的花

我記得那些黑暗中發生的戰爭

卻遺忘了日光下往來奔行的靈魂

他們用聲音顏色確定彼此的存在

用言語擁抱自己的生活

我不知道世界有何聲音

一切聲音不過是一句話在心中迴盪

我不知道世界有何顏色

所有顏色都會回到那永恆的居所

我不知道世界還有其他的存在

如果存在只是一首歌被風吹散

而他們總是談著：「生活！」

卻看不見我在這裡等候

等他們回歸於孤獨，回到自己

經過水火的焠煉磨洗，在暗中凝固

他們必能擁有那唯一的姓名

用一個夢境延伸於廣闊的土地
穿過信仰以外的死亡
與我同在，與時間同在

深入與證明

挖空心思可以獲得什麼？一瓢水
帶有憎恨的溫度，或者一句無聲的吶喊
浴室裡一縷迴盪的歌聲，是什麼？

當你面對鏡中赤裸如初生的身體
起霧的魂靈看不見自己的邊界
還想背叛誰？還有誰可以背叛？

昨天你曾暗暗起誓理所當然的忠貞
像一塊肥皂躺在洗臉臺的左側
堅硬、清潔，渾身天堂的香味

此刻的你濕滑、浮腫，由外而內

持續塌陷。再也不能相信了

關於肉體的神話，關於青春與永恆

慢慢切割你的信心，這難道不是詛咒嗎？

日復一日的死亡，用最鏽鈍的刀刃

這難道不是詛咒嗎？漸漸分解

像一隻螞蟻沿著磁磚邊緣行走，畏畏縮縮

不斷試探來時的道路。你在哪裡？

你在這裡，迷失在自己的身體裡

流亡日Ⅰ

動盪開始於烏何有之地：預言終於變成真實

路徑遵照醫生的指示，給記憶多一點空間

存放自己的母語。來自於土地的都要回歸

於虛無……但我必須離開，像一件衣服

穿了又脫，在離永恆尚自遙遠的年歲裡

假裝自己赤身裸體，並勇於接受更嚴格的檢驗

那時一切都不能帶走，萬物都無法存留

我必須離去，像一枚不落地的種子開始無邊無際的漂泊

四十日了，四十個病痛纏繞如鎖鍊縛身的白晝

腦殼中總有火焰熬煉帶著罪惡的名字

我記得一切關於救贖的說法，卻遺忘了如何敘述

日期和日期之間的縫隙中流出的夜的聲音

我遺忘了那些夢，夢中的場景，卻記得

人們如何倉皇的逃離，變裝易容，逃出血脈所圈成的囚籠

它豈能只是單純存在我的想像裡？它豈能

截斷和過往的一切關連，獨身寄居在我的眼耳深處？

四十日了，我必須學習一些難以置信的事物

譬如流亡的邊際效應，黑暗之心的判讀應用

以及其相關之求生標準作業程序種種；譬如

一個可以讓意志藏身其中的心靈洞窟

讓時間之流快速通過的睡前禱詞。假如我正在離去

我必須相信以上皆非等於以上皆是，標準答案之外

還有更標準的答案能獲得高分，愛與包容

必能彌補這世間一切裂縫，但我無法理解

還有多少個四十日在前方等我？屈指難數

意義不大。如果從來就沒有確定的方向

我又何必在意這地球自轉公轉的次數？反正

過程大抵雷同，結果不言自明，只有今日

我可以選擇獨自一人緩慢前行。時間不再重要了嗎？

劃分人生的標準哪裡去了呢？如果我逃離

像一枚果實順著洋流飄至他方，異國的沙灘

會不會有我棲身的天堂？譫妄是我的疾病

還沉眠在未知的醫療檔案裡，等我前去喚醒

動盪開始於烏何有之地，我仍作著同樣的夢

夜夜驚醒，日日苦思，時時刻刻恍惚精神

但我確實正在流亡，即使祈禱神祇莫給我們試煉

在一無所有的曠野我只能面對自己。我還有信仰嗎？

禱告有對象可以依附嗎？當魔鬼進入我的心裡

我已是一條乾枯的河道，沒有言詞在生命中流動

我終於看見開始與終結，且全無驚惶，因為我已放棄歌唱

流亡日 II

一張沒有烏托邦的世界地圖是絲毫不值得一顧的。

——Oscar Wilde

一條路通往哪裡？邊走邊唱，遙遠的抵達
我遠離預設的方向，找一個夢，一個解釋
總不能穿越這座森林。還有更好的說法嗎？
難以成眠，巨大的苦惱纏繞如蔓生的樹藤
我的腳步沉重，髮上沾滿清晨的薄霜

手槍遺失以後就放棄獵殺，一覺醒來
從不記得夢境是好是壞。此刻我選擇離開
還聽見潮水中你的呼喊在我身後迴盪
你已代我接受審判，上帝給予臨終的祝福

世界大體完整，宇宙運行如常

歌者在子彈前面屈服，話語破碎成腳印
眾人踩踏信仰直到你胸膛迸裂，讓鮮血噴濺
什麼也不能證明，什麼也不曾洗清
陰暗的地底另有一條小徑通往承諾
永生的國度，落葉綴滿遊蕩的蛛絲

通往哪裡？一條路永遠抵達不了
死者還沒離開，信件停留在旅途的某一段
我忘不了曾經寫下的字句，但還能再見面嗎？
我的右手握著我的筆，我的墨水滴落在我的信
離家出走的信件帶走一部份的心情，至今仍在旅行

是我驅逐它的，不是嗎？我還能怎麼承認呢？

我驅逐它，代替我，繫著白鴿的尾羽離去

向不存在的那人宣示棄守與效忠，拾起書寫的信念

墨水也是靈魂的眼淚，是探索者的汗

是整座山林的疑問，我真能輕易的驅逐它嗎？

一條路通往哪裡？離去的從不是我自己

也不是它，迷失在密林小徑裡的過往

記憶會回頭來找我嗎？這些虛構的死亡

真有重量嗎？你投遞答案的郵簡遲遲不曾寄達

我仍居住在我的腳步上，以不息的流亡，以不歇的歌

210
C'est La Vie

——在島上

如果我們之間失去聯絡，在一個下著雨的夜晚

如果你記得生活的一切密碼，而我記得你的名字

在那座看不見泥土的山丘，你會把傘打開嗎？

你會把傘打開，並且為我遮擋帶罪的淚水嗎？

如果我曾被放逐，又回到你的身旁

在開始革命之前埋下我的彈藥，讓手槍生鏽

你能接受我背上的鳥群，為牠們預備屋舍嗎？

你能寵愛牠們如同愛惜自己的影子，並且餵養牠們嗎？

牠們飛過野火纏身的垃圾場，流浪在

大教堂的鐘塔和孤兒院的屋簷之下

牠們練習模仿手風琴的呼吸和旋轉木馬的升降

也學會頂著魔術師的帽子跳佛朗明哥舞，啊！生活！

你看見牠們肩上美麗的槍傷了嗎？別擔心

那些動盪都會化作給我們的寓言，給我們的歌

每一個音符都會因此擁有重量，擊穿我們的信仰

即使我已經乾涸，流不出一滴眼淚，一滴鮮血

我們即將分開，搭乘不同的列車，我們分開

穿過每一個兩兩相異，又無比相似的平原

讓折翼的鴿子帶走橄欖樹的春夢，越過洪荒

教你在遠方揉碎月桂樹葉，有懺悔洗劫你的眼角

別擔心，我們即將分開，像你的神曾經告訴你的那樣

因為夢境無法永遠睡在同一張床上，我們即將分開

我會在夜裡投下燒夷彈，照亮每一座虛構的坑谷

如同你曾經流淚關上的那些畫面：最後的激情，和死亡

如果此刻你從夢中醒來，別擔心，我們已經分開

各自生活在戰爭不願造訪的城市，為了微笑奉獻

如果你看見窗上的倒影你要想起這一切：分開

直到世界崩毀倒退，還原成我們曾經居住在其中的模型

島嶼生活

在島上，大洋之濱，我的存在像是一部默片時代的老電影，藏身在有線電視數以百計的頻道末尾，為了收視率和廣告之間的關聯發愁。千萬支遙控器不斷改變收視頻道，畫面閃爍跳躍；千萬雙眼睛有各自的故事，眼神專注復空無。但他們共同的特徵是，絕不在此停留。啊！生活！生活是在無人觀看的狀態下，重複上演自己的故事。

我不知道何者比較虛幻，是這樣生活著的我，還是這樣觀看自己生活著的我。每天醒來，穿衣吃飯工作，一堆鳥事真長了翅膀撲撲飛落在我身上，無懼於槍砲刀械的恐嚇，彷彿它們真的住在這裡。啊！生活！生活是不斷抗爭和妥協的過程。

所幸還有書寫，還有詩，還有默默傾聽的人，他們分享了我的無奈與煩

憂。一滴眼淚若是落在大海裡，就再也不會是悲傷的象徵了。啊！生活！生活是在平凡與索然之中，提煉出一滴精純的解藥，遏抑致死的衝動。

那解藥，我們名之為詩。

Wanderers Nachtlied

——流浪者的夜歌，為那不想再流浪之人

如果我忘記說話，忘記怎麼和你說話
我必然正在唱歌。沒有調性，母音純淨
心中旋律如山路的蜿蜒，彷彿沒有盡頭
我漫步走著自己的影子，跟隨一個無法確定的節奏

我撿拾自己的名字像撿起落在心上的枯葉
已經消逝的春天從不回頭過來拜訪無水的河流
山只是一個夢，不因虛幻而減少高度或重量
當我遍尋不著，它頂住我的胃，抵達我的心

一個人要怎麼意識自己血液的冰涼？沉默著低頭

還是放肆的譏嘲？哪一種更為迅速有效？

聽不見自己的命運，但它在我腳板上一槌一釘

阻擋我前行的腳步，也不讓我轉身倒退

我走過多雨的季節，走過枯旱，像一條老狗

呼嚎著發黃的月亮。我曾有過回家的渴望

當二月的冷空氣千方百計刺入窗縫，還有燈火

短暫照亮微濕的長路，我曾想過回去

如果有一個地方在等我，我情願回去

停下這流血的腳印，拔除十字架上的荊棘

用一個字換取半張溫暖的床，我情願回去

讓掏空的心重新填滿，用一首歌，用一個擁抱

我能交換一座山嗎？如果神奪走我的音符，卻不給我夢

我還能走多遠？用半生的流浪換半生安穩，要多遠

才能聽見老死前的安魂歌？我還在行走，還在行走

影子伸進炫目的逆光，像倒亂的時間，像神的話

如果我忘記怎麼說話，至少我還有歌

苦候不至的風暴總是沉默著靠近，無關乎絕望

如果我願意，我可以繼續行走直到末日吹響號角

直到你聽見我心底的旋律，開始輕聲唱和

C'est Aujourd'hui

——回程

此刻我已遠離戰場，黑雨密密落下的平原
砲火曾經填滿我的日子，我沒有更多的渴望
我需要一根煙燒去生命，讓呼吸帶來灰塵
蒙上眼睛，不思想，就可以走過焦臭的死亡

我背棄自己，埋葬手槍，走在回去的路上
黑雨淋濕我的信仰，熟悉的禱詞滲成泥沼
我遺忘了如何奉獻，腳印裡滿是荊棘
白色的地圖繪在我的背後，我在每一個夢中迷路

我曾被生活穿上，被理想汙損，又讓時間漂洗褪色

在潮熱的雨季裡反覆霉朽，石礫磨破我的期望

我想要一道清潔的光照亮來路，很困難嗎？

他們用承諾打開了我的心，卻注入綠色的血液

我還能向神祈禱嗎？組合那些密碼可以解開謎題嗎？

當我收起殘缺的字句，日記裡沒有它們的位置

我還能向你祈禱嗎？傾聽你的話語可以遺忘過去嗎？

但過去就住在我單薄的肩上，我還能怎麼前進呢？

我無法前進，無法停留，無法看見自己的影子

石頭上的字跡早已風化，我也不再期待太陽

鴿子在火中築巢，月桂樹燒成焦黑的燈柱

當他們把神祕主義刻在我的胸前，紋身成為一種罪惡

我寫不出一首詩，唱不出一首歌，在回去的路上

因為雨霧總是偽裝哀傷，讓聲音變得沉重

一首詩能寫出真實嗎？一首歌能唱出人生嗎？

黑色的藤蔓纏住我的雙腳，我還能怎麼走下去呢？

此刻我已遠離戰場，遠離落雨泥濘的平原

我用一根菸燒去生命，但黑雨打熄這殘餘的暗焰

沒有誰真的死去，也沒有誰曾經活著

我只能走進墓地，走進一場虛構的葬禮

在寂靜的此岸

留給他的時間，勉強夠他走到墓地。

——馬奎斯 《迷宮中的將軍》

1

凝結的時光中偶爾也想起你的側臉，但我無法描述

偶爾也有人問我關於公平和正義的問題，但你說得更好

理智是另一種生命的困頓，確保我們活著

並且為了確保我們活著而清醒地受苦

2

無法再見的那人此刻我見到你

你仍然活在過去的時光中

你和我曾一起猜測那些冰冷的墓碑

猜測那些銘詞未曾記載的事

無法再見的那人此刻我想念你

你仍然活在過去的時光中

你留我一人獨自猜測那些冰冷的墓碑

猜測他們在銘詞外還有什麼話好說

3

我封閉了我的心，教我無法再聽見你

聽見你，你和你的語言

一個形而下的問題：愛。

一個形而上的答案：愛？

4

一枚骰子在碗裡無聲翻轉

我們和命運的莊家短兵相接

如果翻出第七面就是死亡呢？

啊！偽造的二元論，虛構的心

反覆那些不能結合，卻又無法分割的一切

敘述它，像反覆申說自己的身世

我總有更精確的方式理解這些

單與雙，光明與黑暗，生與死

5

回到海上的夢沒有名字，它罹難沉沒

從此我不必再像信徒盲目追隨神蹟

我可以安穩入睡像一個拋棄憂愁的旅人

也可以讓陽光喚起我再次醒來的決心

甚至不碰觸預言了，避開一切可能的思索

我和我的身軀住在一起，膜拜這潔淨的聖殿

它曾經被恐懼洗劫，但此刻煥然如新

它給我一千個如星光燦然永恆的信念，點綴無邊的黑暗

我閉上我的眼睛，像燈塔熄去炬火

礁岩和海潮之間沒有夢，也沒有黎明

如果願意我可以感到生命的喜樂充滿

但此刻，我渴望安息，渴望海嘯退去後的寧靜

給夭亡者的靈歌

215

1

那是我們突然盲目的心，在胸腔裡急速地跳竄

一個不能分辨的節奏：複拍子

那是我們突然盲目的心，在胸腔裡急速地失溫

一個無法演奏的樂音：休止符

2

向擁擠的廣場投下汽油彈，媽媽

燃燒我們的疲倦，我們的汗

旗幟在火焰中模仿火焰，口號都昇華了

媽媽，我也開始燃燒

3

同樣盲目，與我們漸行漸遠的他者

像黑死病一樣拜訪了這城中每一個

擁有信仰的家庭。他在緊閉的窗門上作記號

並且嘗試越過染血的沙地達陣得分

4

把重擔扛在肩頭以便隨時放下它

媽媽，你告訴我這些

好讓我順利進入你的世界

你教我如何在園中種下無用的花蕾

下一個季節，我們可以並肩除去那些美

媽媽，你告訴我這些

好讓我順利進入你的世界

5

那世界曾經如此嚴厲拒斥我的存在

我因此跪在廣場的石磚上摹畫大麻的葉脈

我住在這城市唯一一座小教堂的尖頂

每天，鐘聲會洗淨我的罪，我那染血的黑衣

6

如今我已長大，像一個老人

扶著他的妻子和尊嚴

而另一個我存泥土中，屍骨漸漸壞朽

一次又一次跌進愈來愈深的夢境

7

那是我突然盲目的心，心上唱著歌
在我無法理解何謂流浪的童年
我看不見誰在那裡主宰一切
彷彿有誰曾經創造世界又摧毀了它……
他們抹去一切我存在的證明
放逐我回到不曾出生的時空

8

一切都要熄滅，如你的名字
高高坐在沒有溫度的雲中堡壘：這是世界
你教導我這些，好讓我哭泣
在我怎麼也不能進入的迷宮裡
你教導我這些，好讓我能哭泣

在我怎麼也找不到出口的迷宮裡

216

馬路天使

1

當我開始奔跑我便懂得奔跑
奔跑時有疲倦但臉上要帶著微笑
呼吸裡要有風，腳步裡要有光
像是我從來不懂得如何奔跑

2

我向路過的一切風景招手
人形的影子因此選擇遠離我
那是死亡我曾經也獨身拜訪過
我拜訪過死亡彷彿那裡有夢

3

春天是我心裡不癒的疾病

在我的海洋上塗抹明亮的色彩

我遺忘了你的名字和電話號碼

卻記得你眼角微弱的星光

4

他們教我將心事曝曬在日光下

讓蜷曲的語句因溫暖而舒展

他們教我從命運手中搶回彩虹

我只願意讓它閃爍在你的窗櫺

5

我奔跑在鐘聲包裹的公園

時間提醒我邊界的存在
宇宙只有兩行潔白的笑容
沿著我的視線不斷蕩開

6

世界只是一場關於生殖的遊戲
它們離開我奔向從未存在的你
如同蒲公英的絨毛離開擴張的草原
我學習振翼拋下那些虛弱的羽翮

7

你要走上公路攔一輛藍寶堅尼
讓它帶你去到海邊荒廢的遊樂場
坐完摩天輪你要坐旋轉木馬

滾動的機械引你打開童年緊閉的門戶

8

你要看見我或者你不曾看見我
但我始終站在那裡等待你的到臨
你會聽見我盼望相遇的歌聲
黑暗中的星系是我心念的證明

9

弱者用他們的生命引頸期盼
我在雲端的堡壘宣示今生的福音
曾經被火焰洗濯此刻變得潔白
我等待你寫下無言的第一封情書

10

將我當成郵件投遞在你的時空
單薄的肉體需要存在的印記
當我們相遇我會用背影告訴你
屬於開始的一切祕密

島外之島

「人類理性在其知識的一個種類中有此特殊命運：
它為它無法拒絕的問題所困擾。」

——康德

從前她也曾離去但往往回來
為了花與綠的春天：一個失語的夢
為了撿回不屬於他人的藉口
她回來，少女的軀體，無皺紋的心

她和第一任丈夫從不認識
死後亦然，還想選擇結婚禮服
設計師把鴿子和蝴蝶縫上蕾絲
她穿著屍體叫喊著跑出教堂

而那是島嶼沉沒之前的事了

為了跟全世界打交道，她嫁了又嫁
瘸腿的牧師，憂鬱的心臟外科主任
早衰的孩子，畏光的財政官員
人生不過是一首反覆彈唱的老調
但唯有她可以霸佔麥克風，還如此理所當然

潮水退去之後她如願以償
住進自己的碉堡，每個無眠的夜裡
學著用淚的子彈射擊星星
「這世界不需要太多希望，」她默默
關上那些流血的畫面

偶爾她需要一些東方的情懷：革命或者
吃點蔬菜。有時只是一首詩

在漫長的人生裡製造歡快的節奏……

一切都是附加的，包括孩子

但她貧瘠的子宮裡面沒有土壤

「你還想射擊星星嗎？它們是
靈魂在天上的居所。」她搖頭

夢外豈有夢？島外如何還能有島？

沒有橄欖樹枝，哪裡還有他方可以居住？

疑問是一陣風將她吹向遠方

一艘無人的救生艇擱淺在她走後的長椅上

有病

一個房間半片黑，一盞燈

懸掛在影子裡面

時間搖動稀薄的光色

思想從來不能照亮自己的空洞

不想告訴這個世界的祕密

總有另一個人在電話那頭會聽見

疲倦到只想躺在自己的身體裡

等待死亡前來喚醒

我無法決定該去哪裡

閉上眼睛之後還聽見微弱的聲音

向身體宣示主權在他方

不在這裡

然而這不是幾句話幾封信
就能解決的問題。我知道
你還在傾聽，向我挖掘
像一個驚擾死者的盜墓賊

你找到了嗎？如果這是你要的
我還有一點時間留給自己
呼吸，飲食，進行虛構的遊戲
擴張自己的疾病

回函：致拉撒若夫人 註一

「Io fei giubbetto a me delle mie case，」註二

「一個瓶中的世界。」我說

我多麼熟悉你會怎麼說

掏出鑰匙轉動門鎖後

回頭輕輕說你也在

這裡，這絕對不是巧合

當命運帶我們抵達

堆積的衣服與碗盤

每一天的晚餐時刻

我們相對而坐

註一：〈拉撒若夫人〉（Lady Lazarus），美國女詩人Sylvia Plath的詩作。

註二：但丁《神曲》中，佛羅倫斯的無名氏自殺的理由，意思是「我把自己的家變成一架絞刑臺」。

兩個人，兩道陰影在背後

貼成同一張地圖

我們是這麼走過來的

當疲倦鉤住肩膀

慾望在溫熱的洗澡水裡暖熱

膨脹，浸泡至浮腫而蒼白

潮濕的肥皂味，燥熱的菸

我讓荒瘠的花圃

長出蕃茄與黃瓜，讓你種植我

在不常到來的下雨天

讓歡樂種植在半瓶威士忌裡

用酒精寫日記，用一枝枯朽的筆

在我的後見之明裡這一切

顯得如此理所當然啊再沒有

任何可以討價還價的空間

彷彿愛情和性在超級市場裡

陳列販賣，彷彿他們住著

如此理所當然啊並沒有任何

毒販、軍火商、皮條客

在我掌心留下電話號碼

（我終於知道他們其實是同一種人

都是我的家人……）

「在我們的沉默裡……」我的沉默

是一條潛艇，用聽不見的聲音

探索世界而世界從未抵達夏天

「一切多美好。肯定是」一切美好

在單薄的二月，房間有蘋果的氣味

我讓自己忙碌

乘著遙控器穿梭在購物頻道之間

打電話給每一個號碼

練習修理這個損壞的世界

這時候我已遠離戰爭

讓自己看起來透明

讓你看見我肚腹裡一隻

蝴蝶正揮著翅膀上下飛舞

為了每一個清醒的明天

所做的種種努力

藍心人

親愛的 L，我想你一定知道，為了生活所付出的犧牲，有時候總是取代了生活本身，成為某種我們所不願意面對的詛咒。所以當藍色的念頭沉沉來襲，變成日夜不曾平息的暗示，對自我的暗示，我們之所以能夠撐下去，繼續過著一切如常的日子，所憑藉的基礎是如此地薄弱，薄弱到隨時都可能崩毀。那麼，我所能做的就是寫一封信，給一個已經遠遠離去的靈魂，一個不再因為斷裂和幻滅所苦的詩人，告訴她，我也經歷了她所經歷，感受了她的感受，就這麼悄悄的落淚。淚水之後，是抹乾淚痕繼續生活的無奈，也是歡喜甘願，是一片超越日常的欣然。

第三輯

發聲練習

迷失者

離開，真的是生命無可逃躲的必然嗎？當我們從新聞裡，從他人的言談耳語裡得到那些片面的資訊，試圖拼湊還原生命的原貌，除了悲傷，還能有別的說法嗎？

一個一個從我們的星空殞落的年輕生命，那些渺小而又巨大的靈魂，他們的存在如此沉重，他們到底相信什麼呢？另一個世界？另一個更美好的未來？另一個無法再確認一次的⋯⋯無聲的結局？

尋找一點指引的光亮⋯⋯

他像一枚無主的衛星在夜空中徘徊

看哪！那不小心偏離航道的人

我又夢見了你，在離開地球的太空船上

夢見那瀰漫在宇宙深處巨大而盲目的光

這一場最初，也是最後的宇宙旅程啊！

我要穿越承載生命歷程的銀河

那是清醒時無法面對的炫目的黑暗

我必須用夢來屏障我的眼

我又夢見了你，夢見那無聲的永恆
太空船外的世界仍然依循你的計畫
恆星穩定的發光，行星堅持著運轉
連黑洞都記得努力吸蝕世間萬物
我在自己的身體裡沉睡
讓冰涼的體溫減少一切損耗

我必須用冰的氣息阻斷世界的呼喚
那不是入眠的唯一手段嗎？
因為睡著，我將更為清醒
在知與不知之間，看與不看之間
茫茫然穿過承載生命歷程的銀河

再沒有比這更經濟的辦法了

閉上眼睛，我清楚地感應到

逆光中的流星群宛如慶典的花火

為了此刻的相遇而燦爛狂喜

但我該用什麼表情面對呢？

我擁抱著自己的夢，擁抱沉默

這樣就算是完整了嗎？

睡著的太空船，作夢的旅程

承載完整生命歷程的銀河

瀰漫著光的宇宙深處……然而

我會到哪裡去呢？另一個藍色的星球嗎？

另一個地球，另一個顛倒的世界

如果我向你請求，你會在那裡等我嗎？

如果真的只是一場睡眠，我能安然醒來
而不是用近乎永生的長途跋涉來碰觸你
像一個朝聖者，一隊沒有星光指引的十字軍
迷失在信仰的他方——這孤獨的旅程啊！
我真能安全涌過這無邊的黑暗
並且找到你的存在嗎？

如果你能聽見我的話語，請教導我
如何閱讀這廣闊的世界，讓我
辨認那些時刻，關於光的稀微
影的遼闊，讓我收拾起荒蕪的心
建構一片沒有疑惑的新天地

請解除我的猶豫，教我遺忘徘徊

讓我發現那唯一的道路，永恆的追尋

如果有那麼一刻，夢境都已消散

撩亂的星辰紛紛靜止，眼前一片光明

我必然已經抵達你廣大的胸懷

我的心被洗過，有陽光的氣味

它被洗過，潔白如新

徬徨的陰影遺落在出發之地

我可以微笑開啟之後的每一天

當我們在遠方相遇，我必能清楚看見

你已為我開燈點亮整個宇宙的黑暗

302

新消費時代的電視購物指南

如果我們願意靜下心來尋索，所謂的購物的慾望，其實是一種極度可疑的存在。這次我們不以泛道德的方式進行論述，因為那樣淒厲的呼喊往往都只能淪為一種口號，親痛仇快。如果我們能像一個考古學家，細細掃去流俗的偽裝與見解，必然能夠發現這種欲望的本質，正如同法國社會學家波德里亞所說，已經從真正的消費（購買必需品），轉化為一種符號的消費。我們生活在某種符碼和身分的表徵之中，並且為此付出極為巨大的代價：人生。我們並不覺得有何悲哀可言，事實上，這種被遮蔽的生活，本身就是一種無法言說的悲哀……

給我們資本購買更美好的明天

感謝這百無聊賴的人生

明天是什麼？關上門
一架電視一支遙控器
一座種植身體的沙發

這就是你真實的天堂了

沒有那些推銷信仰的人會登門拜訪
（他們擅長展示不太理想的理想
許諾你無法兌換的，善行的紅利點數）
也沒有來自銀行的狙擊電話
（女槍手們從遠方瞄準你的耳朵你的
皮夾，那些媚聲婉轉的戰場）
信箱空洞無物（沒有，沒有帳單、廣告
以及柔軟如鈔票一般的信件）
再沒有任何一絲干擾了
你可以安靜吃一份微波食物，安安靜靜的
俯視液晶螢幕裡薄薄的世界
感覺自己坐在雲間

感覺自己是神

荊棘中的火焰、雲朵聚合成臉孔

話語都銘刻在石板上了

還需要什麼具體的連結？

你可以這麼做：選擇值得信賴的購物頻道

拿起話筒，準備撥號。你可以：

另一個你無從命名的小宇宙）

（這些複製現實的模型同樣可以被複製成

那些承載顏色、聲音、氣味的積木

買一本書，買堆砌在書中

買肥胖，也買一些減肥瘦身的課程

買他人的眼睛觀看我們的角度

記得加買遮蔽這些視線的窗簾

懸掛在我們身上（你渴望被偷窺

的心態，是多麼光明正大啊！）

買手機，買無人接聽的號碼

為自己買一段空白的時間

隨時接收我們面對命運無以名狀的嘆息：

「將為您轉接語音信箱，嘟一聲後開始計費

如不留言請掛斷，快速留言，嘟一聲後請按＃字鍵」

買幾部經典電影：無法給你愛情的愛情片

偽造報仇、死亡的武俠、動作片

笑完之後還得繼續生活的喜劇片

買那些藏身在圓而薄的光碟中

不屬於我們的人生

買一張床，招待被工作放逐的身體

給不安的靈魂更加不安的居住

啊！明天！在多夢的黑夜

製造壯麗的語無倫次：

「我學會用空虛填滿空虛，也學會

用矛盾來消費矛盾了。還有更好的方式嗎？」

我們買下了百無聊賴的明天

用一張額度透支的，人生的信用卡……

303

夢遊者

每一個早晨，當我們從夢中醒來，總必經歷一段混沌蒙昧，彷彿時光倒轉，宇宙又再度輪迴，天地草闢，物類生長蕃蓄……然後意識重新回到這身體，彷彿一重隱喻，而我們從不曾真正理解。

一個人要怎樣才能認識世界？或者說，一個人怎麼可能不通過自我而認識世界？所謂成長，並不是單純的繁衍增殖，而是真切地體認自我與他人的差異，從而理解與面對整個族群的命運。

那時，我們會讀著自己的生命，並且真正醒來。

我睡在世界的呼吸裡
夢著世界的夢，在夢中
高速旋轉的星雲小如鴿卵
包容無數狂奔的星辰
這是我最初的居所
最安靜的宇宙

我睡在世界的呼吸裡
一個人蜷縮身軀。在這裡
明暗無別，晝夜不分
沒有四季劃分生命的段落
我感到確實有什麼正包圍我
呼喚我，呼喚我醒來

我於是張開雙眼，伸展手足
試圖確認自己的存在
這是我，這是身體
身體之外還有世界
天地山川沉默溫柔
萬物欣欣然生長

然而我感到確實有什麼正包圍我

呼喚我，呼喚我探索

時間旋轉出季節：在春天

我踏著冬日的殘雪前進

小小的獸開始練習求偶的技藝

每一片腳印上都鋪著新生的嫩葉

日光清洗陰影，雲朵梳理風聲

忽然就到了黃昏的邊境

我眺望黑暗中閃動如星火的文字

往前一步就是歷史

巨大的河流橫亙天際

我無法前進，無法後退

深陷在萬古的長夜裡

寂靜若死，彷彿若有

死亡深處傳來的隆隆聲響

喔！那是震盪世界的聲音我聽見
喔！那是震盪生命的聲音我聽見

那是我，是我的存在

存在是我的腳步踏遍這塊土地

我從此記得來時的風景

我為萬物命名，我尋索我的族類

我走過洪荒，走過遙遠的宿命

走過飢餓與戰爭，走過文明紛亂的光與影

轉赴另一個更巨大的命題

然而我如何才能夠發現
一切變化不過是我夢中的夢
而世界從來不曾清醒
我睡在世界的呼吸裡，夢見
一片寬闊的草原
日光底下一切逐漸明朗
一個男孩打開書本
大聲唸出自己的名字

雙聲

不知從什麼時候開始，一個女子的成長不再是她自己的事。許多力量想要接觸她，左右她，讓她不再是自己，而是一個模糊而普遍的形象。沒有人聽見她的聲音，像神話中的女預言家，她的哭泣掩藏在歷史的冊頁之後，變成文明發展的配樂。但我相信，每一個女子的青春年歲，都渴望唱一首屬於自己的歌，即使那只是萬千旋律中的一個，卻是獨一無二的音樂。無須憂慮獨唱的寂寞，只要等待，自有和諧的雙聲。

　　每一次呼吸都是一首歌
　　讓我聽見你脣間的音樂

音樂是風，是雨
是土地裡流動的水泉
默默滋養萬物生長，默默
母親們總是說：「一個女子」
「必須堅持沉默的溫柔。」

我抵抗，我堅強，我溫柔

我走過母親踏出的小路

卻看見時間帶血的足跡

啊！時間安安靜靜的走過

我堅持，但我不願再沉默

音樂是光，攤開萬物的影子

僅僅只是

只是一次呼吸的時間

我學會為世界命名

為它譜曲──

「總是這樣，日光下

一切彷彿都明白了⋯⋯」

然而，僅僅只是

只是一次呼吸的時間

我看見我的姊妹列隊

前進，像朝聖者穿過沙漠

尋找那唯一的聲音

代替她們說話，啊！

我的姊妹西比娜只有一枝筆

在每一片凋零的葉子上寫字

寫自己的名字，寫明天

而明天只是一個糾纏黑夜的夢

像世界選擇旋轉的方向

喔旋轉，我們居住於其上的巨大銀河

從白晝到夜晚，從渾沌到文明

重複著光明與黑暗，創造與毀滅

（然而我在哪裡？）

我知道偶然與宿命不過是一首歌

交錯進行的段落，也知道

每一個音符各有定位

等待成為一曲盛大莊嚴的交響樂

（而我不願再繼續了……）

我一個人唱歌，一個人

想像有什麼正輕輕

靜靜，滲入我的身體

我聽見宇宙最單純的母音

正持續大規模的侵略

萬千星辰如音符重新

排列，交纏成複雜而深邃的旋律

引我去向那裡，啊！

漫遊是一首歌邊走邊唱

再也不必憂慮何時抵達

我可以自己整理行裝，自己出發

也可以在微風天裡坐下

等一個人，若我願意

我會回到那首歌，譜上和聲

讓歌聲敘說兩個不同的旅程

說命運只是一本大書

記載無數巧合的故事……若我願意

若我伸手輕輕，靜靜

這世界將從此向我打開

一首歌流動在我的呼吸裡

而你哼著和我相同的旋律

閃閃爍爍，向我的一生走來

生活在這座島嶼上，我們最想問的一個問題是：「信仰是怎麼變成神話的？」它清清楚楚發生在我們眼前，但我們不知不覺，懵然度日，然後一切變調，我們被任意操弄而不知所由。而真正的原因是：我們並不記得。因為我們只知道當下，卻讓現實的混沌模糊了真相，也讓自己輕易地陷落在無知之中。「做個有記憶的人！」這不該只是一句口號，唯有記得過去，才能看清未來的方向。

你還記得嗎？
還有人記得你嗎？

黑暗沉落下來的時刻
一切都歸於靜默的時刻
故事在口耳間浸泡膨脹
低聲謠傳遠方有戰爭
他們似乎已經遺忘
但是我還記得

醮 305

黑暗沉落下來

但沉默不能平息這暗中的騷動

你——仍然在這裡嗎？

仍然能聽見我的聲音嗎？

我仍然能聽見那聲槍響

射穿了流血的暗夜

騷動偽裝成不安

倉惶的人影還在門外徘徊

「孩子，不要發出忍哭的噤聲！」

但我早已忘了淚水的滋味

流淚，也會有聲音嗎？

溢出眼眶的悲傷是不是

也會像潮水一樣夜夜湧漲

翻轉成無以名狀的憎恨？

寂靜的恨意吞噬信仰

再也沒有一方土地可以安身

只有流浪，只有流浪

把自己流放到

沒有記憶的國境

但我們不是仍然相信嗎？

相信愛，相信希望

相信一切都有解釋

所有付出都能得到報償

受傷的都能得到安慰

但你看不到理想的星辰

如何墜落了，黯淡了

如何變成一句話寫在薄紙上

反覆地擦了又寫，寫了又擦

我只願意記得你

逝去的，都回來吧

回到一場安靜的夢

因為夢終究比現實更清楚

天地四方即使廣潤都無可留戀

回來吧！當黑夜降臨

讓我用靈魂的供祭安慰所有的逝者

就像安慰所有的盲目的生者

回來吧！東西南北都不值得你停留

只有我的記憶是你永恆的居所

因為記憶讓我們找到彼此

如此完整，如此地神

魂兮歸來！

一個有信仰的股市之神的心聲

島民往往也是鄉民，對於盲目的金錢之流有著無比崇敬與渴求之心。然而愈是追求，我們愈是感受到其中隱含的諷刺與矛盾。這個病態的世界所宣揚的經濟增長，其實無關乎物質生產，而純粹奠基於所謂的「信心」──因為相信，所以欲望，然而在那背後等著我們的，卻是無量下跌的深淵。

而如果我們換個位置，換個身分思考，那些誤導我們做出判斷的，所謂投資家與名嘴們，如果他們自有其信仰，他們會說些什麼、想些什麼呢？鄉民與名嘴之間，又將激盪出什麼樣的火花呢？

我一直以為我會住在有線電視

最邊緣的頻道，直到世界在崩盤後倒退

至最初的混沌，和公平

雖然先知們一再告誡，一再訓勉

教我知道總體經濟層面的增進實有賴於

大量的不確定散戶的熱情參與，我

仍然無法忘情那些明亮而寬敞如天國的場所

他們豈知道虛擬交易的重要性？

帶著小數點的數字可以在帳戶之間跳躍

在電子面板上閃爍，在每一顆

渴望富裕起來的心靈裡，許下

比流淌奶與蜜的迦南更誘

人的承諾，它們支撐世界的運轉

如同我講述它們的運轉。我喜歡

99年的夏布利白酒生澀的礦石味溶化貝隆生蠔

而遠勝乎先知們許諾的牛奶之醇厚

我喜歡穿著亞曼尼合身的剪裁

讓絲緞與媒縈包裹我久經鍛鍊的形象

向群眾宣揚大盤走向，在電視上，宣揚

奉獻的價值且勝過使徒的書信。在攝影棚

我喜歡望著陡然亮起的攝影機的紅燈

傳遞那些二比十誡（於今想起來似乎

缺乏證據）還真實的利多消息

在一些名字刺激投資的頻道

主啊，我傳遞所謂的知識

——啊知識，知識就是我脫口而出的真理

可以濃縮成薄薄幾張冊頁

傳遞，被不同的封面包裹

在主日學上日復一日地讀誦迴響，可以

擁有各種身分不同的口號，在此岸

與彼岸的各項慶典上，讓多采多姿的口音

異口同聲地大聲吶喊，彷彿祈禱

——啊祈禱，祈禱不僅與祢同在

更與現世的富足同在

他們渴望一切住民皆富裕

如經上承諾的國度

卻不知道我已經住在這裡

在選臺器的按鈕常常錯過的角落裡

實踐（於今想起來已經不證自明）

那些還要加註在你書中的誓言

307

新古典主義

在一座老島嶼上，一個新的時代即將到來；在一間老學校裡，一個新的典範正在成形。我們是理想的，我們擁有實現希望的可能。

人們總以為這一切需要付出龐大的代價，必須捨棄一些什麼。但老島嶼仍在，老學校仍在，當我們回首望見自己的青春，我們將會發現它仍在我們的心裡，給我們力量與希望。

因為下一代正走在我們曾經走過的路上，我們必須點亮燈火，當一個稱職的引路人。從此，老紅樓有了新的夢想，在新時代裡，隱隱的放光。

我們的青春總也不老
我們的故事從這裡開始
在老教室裡唱新的歌
在老天空裡貼上新的雲朵

我們是同一片天空下的不同風景

同一首歌裡的不同段落
我們是不甘寂寞的說書人
用最年輕的聲音
為老故事編造新的情節

我們用一百年的時間
建造了一座對抗時間的堡壘
用時間遞給我們的磚瓦
層層疊疊，建造我們形而上的教室
在這裡，我們傳遞一切老知識
並且歡迎任何新的可能
我們在老書架上放置新的經典
又在嶄新的字句之間

添補長滿青苔的註解

讓今天與明天，現在

與永恆，在這個重複錯誤

又反覆修正的時代裡

嘗試混血與融合的老把戲

我們在老土地上種植新的生命

發芽，抽長，開花，結果

在流離人生中預約下一次的美麗……

出生，成長，磨礪，發光

彷彿我們不曾離開

因為記憶總是從這裡開始

走出去的，此刻總要回來

因為我們總會回來

在老窗臺前點上一盞燈

在每一盞黑眼睛裡點上新的光亮

一個永不消逝的希望在我們手裡

我們的青春總也不老

戰爭的藝術

在成長的過程中，我們往往對這個世界抱持著強烈的敵意，似乎所有人都懷抱著仇恨的眼光來限制、約束著我們。我們排斥溝通，抗拒他人對我們的關心，彷彿戰爭中相對的敵人。但實情真是如此嗎？我們不是依然藉由現代種種的科技、發達的網路，尋求相互的理解嗎？往往徒然。生活在巨大矛盾中的我們，淹沒在無意義之中的我們，究竟想從中獲得什麼？

我終於知道戰爭的要訣乃在於

長期的練習、更多的專注譬如

隱藏自己——譬如這個夜晚

如同曾經的每一個夜晚

我從白日的戰場上歸來

回到另一個沉默的戰場

靈敏地避開家人窺探的眼光

（千萬要記得避開因為

跟隨探照燈而來的那些槍響

將對生命造成無比威脅）

像一名哨兵匍匐潛入自己

隱密的堡壘：我在人間設置的

前進基地。我於是打開視窗

試著舉槍瞄準，準備狙擊——

一張臉是一本書，用生活的囈語

標示密林當中的小徑

（敵軍往往由此路線發動偷襲

必須格外注意嚴加戒備）

一個格子藏著一個部落，原始的心事

在此交媾著文明（摧毀有生力量

是這場戰役的最高指令）

唉！性是少年推特的煩惱

我用破碎的語句設下重重

通關密碼，欲迎還拒

期待有人能夠抵達我陰暗的內心

告訴我 you, to be you

要真誠地做自己，秀自己

但那豈不是更深密地隱藏著自己嗎？

面對沉默喧囂的世界可能

藏有的危機，我學會無聲地說

無聲地聽，無聲地爭執

用文字的炮火攻擊每一個

可疑的鄉民。這是戰爭

透過學習，我於是明白

自我與槍火之間的辯證關係：

齒牙未必能咬住事實，而子彈

卻可以擊穿事物的核心，流出

汁液，殷紅如血，味鹹如淚

譬如，某些清晨我在被枕間調整

憤怒的仰角，意味著某些信仰

等待著發射的時機。而在某些黃昏

我選擇擁抱自己的疲憊倒入

積雨的壕溝，放棄溝通

像一名安眠的亡者。因為死

所以能成為王，擁有解釋世界

唯一的權柄，永恆的抵抗……

我知道止戈可以為武，流血

可以成就革命，但我不明白

戰爭過後，和平要如何降臨

如果我的心成為荒涼的廢墟

而重建似乎遙遙無期？如果我

毀滅世界，也被世界毀滅

我⋯⋯還能擁有什麼呢？

除了虛無而專注的，戰爭的藝術？

後記

　我是一個極不用功又懶惰的詩人。我把讀書當成消遣，沒有追索高深學問的恆心；而寫詩這件事情對我而言，只是為了向自己交代，也就不太願意拿出來發表。或許是緣自於某種意義不明的堅持，往往一首詩寫了一兩年，仍然修修改改不見天日。但我始終相信，寫詩一途只能是孤獨的，因為一切對於生活的感受，都是詩人專橫的表現，他只能用自己的語言寫自己的心，寫此心與外物相交接的狀態。用這種說法，我就為自己找到了辯護的藉口。

　這本詩集創作的時間橫跨十年，其中有心境上的轉變。第一部分是情詩，我試著讓語言柔軟可感且具有音樂性，對意象也就不那麼堅持。第二部分是對於此身存在狀態的揭示，有些時候想得深了，語言難免就比較晦澀。第三部分朗誦詩，是我為了紅樓詩社參加台北市詩歌朗誦比賽所寫，多半是貼著學生的生活，試著表述他們隱而不顯的心情，其中隱藏著為了上台演出的種種設計，包括聲音和肢體，讀起來也頗有樂趣。三個部分，呈現創作的

冬之光　170

三個面向，也就是我這十年來創作的心情記錄了。

F013

冬之光

作者　　　　吳岱穎
總編輯　　　呂靜如
系列主編　　陳秀娟
責任編輯　　Lily C
行銷企劃　　鍾珮婷
美術設計　　霧室。
版面構成　　陳佩娟

出版　　　　泰電電業股份有限公司
地址　　　　臺北市中正區博愛路七十六號八樓
電話　　　　(02)2314-3621
傳真　　　　(02)2314-3621
網站　　　　馥林官網 www.fullon.com.tw
劃撥帳號　　1942-3543 泰電電業股份有限公司

印刷　　　　三陽文化股份有限公司
地址　　　　新北市中和區連城路一三四巷十六號
電話　　　　(02)2306-6842
總經銷　　　時報文化出版企業股份有限公司

ISBN　　　　978-986-6076-03-9
定價　　　　二二〇元
二〇一一年七月初版

國家圖書館出版品預行編目資料

冬之光 / 吳岱穎著
──初版.── 臺北市：泰電電業，2011.7
面；公分.──（F：13）
ISBN 978-986-6076-03-9（平裝）

851.486　　　　　100007113